I0551343

LA

PROCYNARNOCUPIDOMACHIE

Quand un chien, en litige entre deux personnes
également recommandables, a donné lieu à un procès
qui a nécessité quatre jugements dont un en cour
impériale, sept plaidoyers, plusieurs expertises dont
une à Alfort, une dépense d'argent de plus de
5.000 francs ; ce chien ne mérite-t-il pas les hon
neurs d'un poëme? Tel est l'objet de *la Procynar-
nocupidomachie*, mot tiré du nom des intéressés et de
l'objet du procès.

PARIS

CH. ALBESSARD ET BÉRARD, LIBRAIRES-ÉDITEURS,
8, RUE GUÉNÉGAUD,
MAISON A MARSEILLE, RUE PAVILLON, 25

1861

PARIS. — IMPRIMÉ CHEZ BONAVENTURE ET DUCESSOIS,
55, quai des Grands-Augustins.

LA

PROCYNARNOCUPIDOMACHIE

De Nestor je chante l'histoire :
Je veux que la postérité
L'inscrive au temple de Mémoire,
Revêtu d'immortalité.

De ses deux prétendants racontant les disputes,
Je veux des avocats vous retracer les luttes,
Et les labeurs sans fin de certains tribunaux
Et de la capitale, aussi bien que de Meaux.
Ce chien sut de Thémis troubler la conscience,
Et d'un doute ombrageux obscurcir la science.
Je vais compulser son dossier,
Malgré le feu de la discorde,
Et, dussé-je croiser l'acier,
Dire qui mérita la corde.

A toi je fais appel, austère Vérité,
Du chien malencontreux fixe l'identité.
Dis-nous combien d'argent ont coûté ces vétilles,
Argent dont on eût pu nourrir plusieurs familles.
Viens à moi ! Que ce chien, célébré par mes vers,
Passe, par son renom, et les monts et les mers...
De ton pied vigoureux lance-le dans l'espace ;

Que son trajet marque sa trace,
Sous la voûte du firmament ;
Que son souvenir soit vivant ;
Que son histoire soit féconde,
En montrant à l'humanité,
Dans l'ancien et le nouveau monde,
Un type d'immoralité.

O muse de la Tragédie,
Daigne me prêter ton appui ;
Et toi, divine Comédie,
Jette un léger reflet sur lui.

———————

Certain Nemrod, dans sa tristesse,
Explorait tous les alentours :
« Nestor, s'écriait-il sans cesse,
« Reviens ! sans toi, plus de beaux jours.
« Ville de Meaux, terre de Brie,
« Compatissez à mes douleurs ;
« Nestor, la moitié de ma vie,
« Toi seul, tu peux sécher mes pleurs. »

*

Après six mois d'un tel veuvage,
On lui dit que, semblable au sien.
Un autre chien du voisinage
Est logé chez un pharmacien;
Qu'on l'a vu gâchant des formules,
Tant il était intelligent;
Que même il roulait les pilules
Qu'on débite à la sotte gent;
Que de Nestor il a la robe;
Que son histoire est un secret;
Et qu'aux regards on le dérobe,
Tant le public est indiscret;
Que son port, son œil, sa prestance,
Surtout sa rare distinction,
Marquaient en lui la provenance
D'une très-illustre extraction.
Dans le public tout bas on glose
Que ce phénix, que ce trésor
Est, ni plus ni moins, même chose
Que le chien tant pleuré, Nestor.

Nemrod, poussé par la colère,
S'élance comme un furibond;
De chez lui, chez l'apothicaire,
Il se transporte d'un seul bond.
Composant son maintien, sa mine,
Pour dissimuler son courroux,
Il dit d'une voix pateline :
« Mon chien, monsieur, est-il chez vous? » —
— « Quoi! votre chien!... vous voulez rire,

Répondit l'autre, « sur ma foi,
« Je ne voudrais, pour un empire,
« Recéler chien d'autrui chez moi.
« Quoi! votre chien!... mais c'est injure!
« Monsieur, veuillez changer d'avis,
« Car Azor me vient, je vous jure,
« Du marchand de drap, vis-à-vis. »

A tant d'audace et d'imposture,
Nemrod, ne croyant plus à rien,
Confus de sa déconfiture,
Abandonnait sa part au chien.

Mais ce qu'avait fait l'artifice,
Dans cet étrange compromis,
Fut renversé par la malice
Du plus indiscret des commis.
Celui-ci, poussé par la haine,
Vole aussitôt chez Cupidon,
Avec fureur il se déchaîne
Contre son malheureux patron.
« Monsieur, agréez ma franchise, »
Dit-il, « il faut absolument
« Que la vérité je vous dise,
« Sur l'objet de votre tourment.
« Oui, le divin Nestor fut caché chez mon maître
« Qui vous a déjoué, le perfide, le traître !
« Et hier matin, cédant à la crainte, au remords,
« Il l'a fait disparaître !... et j'ai commis un tort !..
« A Chèle j'ai conduit la malheureuse bête.—

« Que la foudre du ciel éclate sur ma tête !

 « Car, voyez-vous, ça faisait mal

 « De voir tant gémir l'animal.

 « Il se roulait en ma présence,

 « Protestant de son innocence.

 « Que je fus ingrat !... son concours

 « M'a tant aidé dans les grands jours !

 « Car, il faut bien le reconnaître,

 « Il en sait autant que le maître.

« Que n'étiez-vous à Chèle en ce moment maudit !

« C'est là qu'il est captif et la terre est son lit.

 « Oh ! que ma douleur est extrême !

 « C'est par mon fait, c'est par moi-même,

 « Qu'il fut logé dans un taudit.

 « Croyez-moi de tout point, quand j'ose

 « Dévoiler ce tissu d'horreur,

 « Et que par écrit j'en dépose

 « Entre les mains du procureur. »

A ce discours Nemrod répond : « C'est à merveille !

« Aurait-on pu jamais croire à chose pareille ?

« Qui pourrait supposer que chez un pharmacien

« Fût un objet volé, quand l'objet est un chien ?

 « Oh ! mais je te tiens, mon compère,

 « Et nous allons vider l'affaire.

« J'espère en l'avenir, j'oublierai le passé,

« Et je rends grâce au ciel de sa munificence,

« Quand il vient mettre en ma présence,

 « Ce pauvre commis évincé.

 « L'espoir fait palpiter mon âme,

« Et mon cœur s'agite et s'enflamme
« A l'œuvre donc, et l'on verra
« Quel est le maître !... » et cætera.

Le cœur gonflé par l'espérance,
Il trouve un moyen précieux,
En demandant à la science
L'âge du chien litigieux.
Donc, pour aller plus loin, il faut que je vous dise
L'âge du chien, c'est capital.
Le voici, d'après l'expertise
Que je lis au procès-verbal.
Nemrod disait : « Mon chien compte à peine dix mois, »
« Et le mien, disait l'autre, en compte vingt et trois ;
« Consultons les experts. » Or, déjà l'on devine
L'opinion de Buffon, de Pline.
L'un d'abord, l'autre un peu plus tard,
Examinant le chien de la queue à la face,
Nota son poil et son regard.
On fut divergent sur la race.
Des dents on nota la blancheur ;
On admira surtout cette bouche vermeille,
Qui parut être une merveille,
Par son incarnat, sa fraîcheur.
Ce fut d'ailleurs chose facile,
L'animal étant très-docile.
Des dents on parla de l'usure.
L'effet de l'alimentation
Et l'expression de la figure,
Tout fut pesé, sans omission.

-Je crois même que la couronne
 Des dents offre une incrustation
 Dont on parla, et je vous donne
 Tout de suite la conclusion.
Pline dit : « C'est un an et quelques mois, je pense. »
L'autre dit : «Vingt, je crois, mais pour plus de rigueurs,
 « Du vrai pour augmenter la chance,
 « Je vais consulter mes auteurs. »
(Si je vous ai nommés dans ce dire bouffon,
Pardonnez-moi, vieux Pline, ainsi que toi, Buffon.)
Aux examinateurs le chien se plaint, il jappe;
 On dirait qu'il est irrité,
 Lorsque le malin rit sous cape
 Du défi qu'il leur a jeté.
 Il riait en crispant sa face,
 Vociférait des cris stridents,
 Et, tout en faisant la grimace,
 Il leur montrait encor ses dents.
 Mais son âge, qui le dira?
 C'est celui qui le connaîtra.

 A cette lumière imprévue,
Nemrod d'un avocat va prendre le conseil;
 Il veut que la vérité nue
 Éclate aux rayons du soleil.
 Quand même, il veut faire tapage
 Au sein de la ville au fromage,
 Qui jamais ne vit fait pareil.
 Il veut qu'on en parle sans crainte,
 Sous le chaume, dans le salon :

Il fait retentir de sa plainte
Et la colline et le vallon.

Le cas étant bien entendu,
L'avocat dit : « La cause est bonne :
« Dût le coupable être pendu,
« Votre chien vous sera rendu,
« Ou je demeure confondu.
« Je plaide pour toute personne ;
« Plaider toujours, c'est mon métier ;
« Trop heureux quand je puis servir un officier.
« Voici donc l'avis que je donne :
« C'est un vol qualifié, c'est une escroquerie.
« Mais n'allez pas surtout faire d'étourderie :
« La chose me paraît très-claire,
« Vous avez mille fois raison,
« Il vous faut évoquer l'affaire
« Devant le juge Tartampion.
« Le cas est criminel, la peine est la prison.
« Pour confondre leur impudence,
« Nous avons pour nous la science.
« Le péché n'est pas tant véniel ;
« Puisqu'ils y mettent tant de fiel,
« Nous, nous y mettrons poivre et sel.
« Oh ! je connais les deux apôtres,
« Et, malgré tous leurs patenôtres,
« Ils en ont déjà fait bien d'autres.
« Ah ! certes oui, qu'ils sont retorts,
« Mais sur eux tombent tous les torts,
« Malgré leur aplomb, leur malice,

« On le verra bien en justice.

« Je dois vous dire, cependant,

« Que notre Meaux n'est qu'un village ;

« Vous pourriez, dans le jugement,

« Sentir l'effet du compérage ;

« Peut-être la bigoterie

« Excusera l'escroquerie.

« Mais allez toujours, je suis là,

« Et qui vivra verra. Voilà. »

A ce discours plein d'éloquence,

Nemrod fut comme sidéré ;

Il répond par un long silence.

Tout bien vu, bien considéré,

Après son ébahissement,

Il prend une pose pensive :

« Je gagnerai certainement, »

Répond-il, « mais, pardon, la cause est si chétive,

« Pour un homme d'un tel talent. »

Ensuite, lui faisant escorte,

Après un langage si net.

L'avocat le quitte à la porte

Et rentre dans son cabinet.

*

Ainsi dit, ainsi fait.—Oh ! jour délicieux !

A peine on le croirait sans l'avoir vu des yeux ;

Mais je l'ai vu, lecteur, ne sois pas incrédule,

Oui, j'ai vu l'aune et la spatule,

Conjointement,

Dans cette risible équipée,
Se disputer avec l'épée,
  Mais rudement,
Pour un animal, un fétiche,
Pour la possession d'un caniche,
Chez Thémis,—non,—chez son enfant.
Mais cet enfant est si précoce!
De la justice il a la bosse.
Chère Thémis, je le vois bien,
Ton enfant terrible ira loin.
A quoi bon ton poids, ta balance?
Lui, possède la prescience.
Son intellect sait pénétrer
Les faits, sans les faire expliquer.
Son âme, toujours pure et vierge,
Rayonne d'un éclat divin,
En s'éclairant du feu d'un cierge,
Que jamais ne quitte sa main.
S'il sait parler, il sait se taire,
C'est là le beau de son affaire.

Chaque témoin est entendu,
Pour ou contre, dans moins d'une heure.
Et le commis?—il est perdu ;
On ne connaît point sa demeure.
Quoi! perdu, lui, le principal?
Oui, perdu, nous dit la police.
Le juge sur ce détail glisse.
Le dire du commis serait d'ailleurs fatal.
A quoi bon s'embrouiller? quelle déconvenue,

S'il fallait condamner pour si peu, pour un rien,
D'honnêtes commerçants ayant perron sur rue !
Le juge ne crut pas qu'il le pût.—Fit-il bien?
Et du marchand drapier empruntant la mesure,
    Il toisa le corps du délit;
Le trouva trop petit.—Aussitôt ta figure,
    On l'a vu, Cupidon, pâlit.

    D'un jugement si négatif,
    Qu'il croit dicté par la cabale,
    Nemrod, devenu plus pensif,
    En appelle à la capitale.
    Elle maintient le jugement,
    Tout purement et simplement.
Or, Nestor est à lui.—Que pourra-t-il bien faire?...
    Mais l'avocat, esprit subtil,
    Dit qu'il faut reporter l'affaire
    Devant le tribunal civil.

               *

Devant la cour de Meaux nous voici.—L'on plaida ;
    Mais je veux passer sous silence,
    Ce qui fut dit dans la séance,
    Qui d'ailleurs rien ne décida.
Chaque avocat pourtant parla pendant une heure,
On en entendit trois, mais ce ne fut qu'un leurre.
    Quel âge a donc cet animal?
    Se demanda le tribunal;
    Pour.que notre opinion soit saine,
    Remettons la cause à quinzaine,

Consultons un expert plus fort,
Invoquons l'oracle d'Alfort.
Thémis, à ce moment, regarda la Science ;
Elles sourirent, et soudain,
Après un tout petit silence,
Elles se donnèrent la main.
Ce jour-là, tout ce qui fut dit
Sur la propriété, sur l'âge,
Se trouve de tout point redit
Dans quinze jours.—Tournons la page.

Les débats sont ouverts : une grande affluence
Vient assister à l'audience ;
Les uns sympathisant au sort de Cupidon,
Et d'autres, moins nombreux, si j'ai bonne mémoire,
Voulant de la discorde aviver le brandon,
Chez leurs amis, venaient encombrer le prétoire.
Juges et président, substitut, procureur,
Chacun des prétendants et chaque défenseur,
Tout le monde est présent : chacun, avec courage,
A son poste, veut voir les éclats de l'orage.
Un avocat fameux illustra ce procès,
Car il vint de Paris, la veille, tout exprès.
Son souvenir vivra toujours dans ma mémoire,
Car jamais orateur ne cueillit tant de gloire.
Je dois dire qu'il m'effraya
Par les moyens qu'il déploya.
Toute objection paraissait vaine
Contre ce nouveau Démosthène.
Par sa dialectique et sa péroraison,

Il troubla presque ma raison.

A l'éclat de tant de lumière,

Il fallut fermer ma paupière.

Tant de talent sied mal à si minces débats,

Il lui faut plus noble carrière;

Tu devrais bien, Paris, garder tes avocats.

Silence ! le voici, c'est lui qui va parler :

Soudain, tous les regards sur lui vont se fixer :

Il tousse quatre fois, il crache, il se recueille,

Cherche dans son dossier, en tournant chaque feuille,

Trousse sa manche,—cette fois,

En cherchant une idée, il retrouve sa voix.

« Messieurs du tribunal et messieurs du parterre, »

Dit-il enfin, « je dois d'abord vous remercier

« Du bienveillant accueil qui m'est fait.—Cette affaire

« Eût demandé du temps pour la bien étudier;

« Il m'a manqué : pourtant, je la connais assez

« Pour pouvoir mettre en évidence

« La loyauté, puis l'innocence

« De mon client, dans ce procès.

« On connaît son talent : chacun, dans son office,

« Va tous les jours pour se munir

« De remèdes, d'eau dentifrice,

« Et de racines de réglisse,

« Et d'emplâtres et d'élixir.

« Sa probité proverbiale

« A mon adversaire est fatale.

« Le chien lui fut donné,—voici le donateur,

« Comme lui, jouissant et d'estime et d'honneur.

« Tous deux sont mariés, je pense, ai-je raison ?
(Une voix indiscrète avait répondu : non.)
« Déjà, pour les juger, cela devrait suffire. —
« De la race du chien tout ce qu'on a pu dire,
« Ainsi que sur son âge, est vraiment merveilleux ;
  « Il serait trop fastidieux
  « De m'entendre tout reproduire.
« Très-longtemps j'ai vécu parmi les animaux ;
  « Ils ont captivé ma tendresse ;
  « Ils ont absorbé les travaux,
  « Les réflexions de ma jeunesse.
« Un expert de Paris, connu par son renom,
« De l'oracle d'Alfort peut balancer le nom :
« Il a de la science opéré la réforme ;
« Or, à son opinion ma croyance est conforme. »
  (C'est le père ! — on parle du fils,
  Dit le public qui toujours cause.
  Le père, ou bien le fils, tant pis,
Dit un autre avocat, c'est bien la même chose.)
« Le chien compte deux ans, c'est écrit sur sa dent ;
« Allez l'examiner, ce cera plus prudent
« Que de s'en rapporter à ces vaines paroles
« Des experts, qui pour moi ne sont que fariboles.
  « Cest un faisceau d'hésitations,
  « Hérissé de contradictions.
  « Si l'on a pu se demander,
  « Comment deux augures, sans rire,
  « Se pouvaient-ils bien regarder ;
  « Des experts j'en puis autant dire. »
(Le trait avait porté : l'auditoire sourit.

Et loua l'orateur de montrer tant d'esprit.

Il fut content de lui, garda son air sévère,

Mais, par un geste fin, on vit son adversaire

      Entr'ouvrir un petit tiroir,

Sourire, et lui montrer le coin de son miroir.)

      Il reprit : « Cette parenté

« Avec tels autres chiens, contre nous qu'on invoque,

    « N'est pour moi qu'une inanité,

    « Et de tout point je la révoque.

« On parle d'un commis, mais c'est par trop comique :

« Puisque du pharmacien il quittait la boutique,

    « C'est pour se venger qu'il parla,

    « C'est de notoriété publique.

« Il est perdu, dit-on,—de honte il se pendra !

    « Que peut objecter la réplique ?

    « Nos témoins sont non moins nombreux

« Que les vôtres, je crois, non moins consciencieux.

    « Cessez donc de faire le crane,

    « Votre cause est une chicane.

« Messieurs, de mon discours excusez la longueur,

    « L'adversaire a pour lui la gloire,

    « Vous nous conserverez l'honneur

    « Intact et sain, j'ose le croire.

    « Nestor que j'entends aboyer,

    « Ta voix fera-t-elle comprendre,

    « Mieux encor que mon plaidoyer,

    « Que c'est à nous qu'on doit te rendre? »

    L'auditoire fut tout ému ;

Chacun à l'orateur exprima sa louange ;

BIBLIOTHÈQUE IMPÉRIALE

Cupidon prit un air étrange ;
Il croyait son procès perdu.
Son défenseur pourtant sourit,
Et, prenant la parole, il dit :

« Après le beau discours que vous venez d'entendre,
« Quant au talent, je sais que je devrais me rendre ;
« Mais des mots agencés avec art, avec goût,
« Constituent-ils un droit sur le chien ?—Pas du tout.
« Nestor est à Nemrod, qui peut le méconnaître ?
« Puisqu'il l'a caressé comme on fait à son maître.
« Les témoins, le commis, Alfort, tout en fait foi.
  « Votre savoir n'est rien pour moi.
« Quand Alfort a parlé, vous devriez vous taire,
  « Vous qui n'avez su rien y faire,
  « Et qui l'avez tant fréquenté,
  « Sans pouvoir être patenté.
« Aussi, c'est bien en vain que votre rhétorique
« Dit connaître, affirmer des faits que nul n'explique ;
  « Votre langage est superflu.
« L'histoire du commis, on le voit, vous chiffonne,
« Et vous y répondez d'une façon bouffonne ;
« Mais le fait est acquis, et vous avez perdu
« Dès le jour ou Nestor à Chèle a disparu.
  « Par une manœuvre pareille,
  « Vous montrez le bout de l'oreille,
  « Vous ne pouvez le déguiser.
« A la chasse, a-t-on dit, on voulait le dresser.
« Le talent de Nestor n'est point fait pour la chasse ;
« Il a trouvé chez vous une plus noble place.

« Vous lui donnez deux ans, son cerveau endurci
« D'un si chétif emploi ne prendrait nul souci ;
    « Il mérite rouler carrosse,
    « Vous en auriez fait une rosse.
« Vous avez contesté sa noble parenté,
    « En méconnaissant sa lignée,
« Si vous l'aviez tantôt un peu mieux écouté,
« Sa voix était le cri de son âme indignée.
« Vos clients, dites-vous, sont gens remplis de cœur ;
« Croyez-vous que le mien ait forfait à l'honneur ?
    « Si ma bouche n'était discrète,
    « Je leur laverais bien la tête... »
    (Sur ce, le président parla ;
    J'entendis ces mots : halte-là !)
    « Le chien a bien été donné,
    « Le fait est amplement prouvé ;
    « Mais d'où vient-il ? qui peut le dire ?
    « Par hasard, l'aurait-on trouvé ?
    « C'est possible, mais ça fait rire.
« Vous le voyez, messieurs, le cas est évident,
    « Oui, Nestor est à nous, vous dis-je ;
    « L'adversaire est bien éloquent,
    « Mais il ferait un vrai prodige
    « S'il pouvait, dans cette litige,
    « Obtenir votre assentiment.
    « Ah ! n'allez pas, je vous adjure,
    « Donner raison à l'imposture ;
« Le moment est venu de sauver à la fois
« Et Cupidon en deuil et Nestor aux abois. »

La foule, longtemps frémissante,
Décerna le prix du vainqueur
A cette parole puissante,
Dont les accents vont droit au cœur.
Le troisième inculpé, lorsque son ami sombre,
Quand il a, lui, tout excité,
Prudemment se glisse dans l'ombre,
Et du débat est écarté.
—Ah ! passons !... qu'il reste en l'oubli
A tout jamais enseveli !

Alors, le procureur, résumant la séance,
Du côté de Nemrod fit pencher la balance.
Le tribunal enfin, amplement renseigné,
Délibéra longtemps, puis donna sa réponse :
Nestor est à Nemrod.—L'autre, peu résigné,
Veut que la cour d'appel, elle aussi, se prononce.

Malheureux ! fais appel plutôt à la raison ;
Le public, sans aucun scrupule,
Lancera sur toi le poison
Du comique, du ridicule.
Mais c'est en vain... l'entêtement
A remplacé l'entendement.
Avant de cesser de combattre,
Quand l'amour-propre est engagé,
Chacun ferait le diable à quatre ;
Le droit sens alors prend congé.
Quand la passion nous aiguillonne,
Autour de nous tout tourbillonne,

Et les meilleurs conseils en vain
Nous montreraient le bon chemin.
Muse, c'est en vain que ta rime
Veut instruire le genre humain,
Le temps qui ronge la lime,
Du mal respecte le venin.
Nos passions sont dans notre essence,
Nul ne pourrait les réformer,
Pas plus qu'un cerveau en démence
N'est capable de raisonner.

*

Mais, que devient Nestor pendant tous ces débats?
Lecteur, ne t'en inquiète pas.
Aux frais des prétendants, il vit dans l'abondance,
Il ne se trouve pas si mal,
Et tous les jours il fait bombance,
Chez le portier du tribunal.

*

A midi, trois février, sonnait l'heure fatale
Qui clora le procès à la cour impériale.
Son arrêt est rendu.—Pour fin de ces travaux,
La cour a confirmé le jugement de Meaux.
J'éprouve trop de répugnance,
A vous raconter la séance.
De grands noms sont en jeu, mais je ne puis, lecteur,
De ces mesquins débats raconter la fadeur.
Quand le fer n'est plus sur l'enclume,

Quel mot pourrait venir à propos sous ma plume?

✶

Donc, le chien de Nemrod n'a point été volé,
Mais le chien de Nemrod un jour s'est envolé,
Et chez le pharmacien il a forcé la porte;
    On l'a reçu de bon aloi,
    Les jugements en ont fait foi,
    Puisqu'ils ont conclu de la sorte;
    Mais ce qui paraît un peu fort,
    On l'a reçu sans passe-port,
    Sans se méfier de son escorte.

Plus de cinq mille francs a coûté ce procès;
Beaucoup disent c'est trop; moi je dis, pas assez.

✶

    Aussitôt la fin du cartel,
Nemrod court à Nestor offrir la délivrance.
    Il le trouva dans son hôtel :
    Il méditait sur la conscience.
« Quoi! c'est pour moi, dit-il, qu'on a tant discuté!
    « C'est trop d'honneur, en vérité.
« J'ai suivi vos débats : eh bien! quand je raisonne,
« Je sens qu'on est heureux quand on n'est à personne.»

FIN.

www.ingramcontent.com/pod-product-compliance
Lightning Source LLC
Chambersburg PA
CBHW070912200626
46818CB00006BA/2494